ODE
DE L'AMOUR.

A
MONSIEUR DE CREIL,
Conseiller du Roi en sa Cour
des Aides.

Par

L. M. P.

1627.

ODE

DE L'AMOUR.

DE CREIL que la Prudance estime ;
Qui d'autorité légitime
Régnés sur les Gens de savoir,
En vain voudroi-je estre du nombre
Si je ne marchois à votre ombre
Fléchissant sous votre pouvoir.

N'a-guére il vous a plu de dire
Que vous deziriés que ma Lire
Sonnât la puiſſance d'AMOUR,
On ne l'i verra point rétive,
Combien qu'elle deût, trop chétive,
Ne paroître jamais au jour.

Mais quoi ? son audace est fondée
  Sur l'espoir d'estre secondée
  Par cet Enfant victorieus :
  Grand Démon animés l'ouvrage
  D'un dévôt Amant qui fait rage
  De chanter vos fais glorieus.

Qui peut ignorer dans le Monde
  Par l'Air, ſur la Terre, é ſous l'Onde
  Q'AMOUR eſt le Prince des Cœurs?
  E' qui peut réziſter encore
  A ſon bras que le Ciel adore
  Comme le vainqueur des vainqueurs?

Il est maître de la Campagne,
   E' le Flambeau qui l'acompagne,
   Sans rien épargner dans son cours,
   Brûle des Bourgades entiéres
   A la face de leurs Riviéres
   Qui manquent pour lors de secours.

Deſſous ſon triomfe il engage
Les plus relevés en courage,
Captive les plus libres ſens,
E´ par une belle conqueſte
Pôze le joug deſſus la teſte
Des Monarques les plus puiſſans.

Sa petite flèche dorée

   A si bien sa pointe asérée

   Que rien ne lui peut rézister,

   Témoin ce Grand Dieu de la Tracè

   Qui sous sa fatale cuirasse

   Ne put sa blessure éviter.

Bref il ſuſit aſſés de dire
    Que la grandeur de ſon Empire
Se fait reconoître de tous :
Toute puiſſance lui deffére,
Mêmes le reſpeɕt de ſa Mére
N'a ſu la parer de ſes cous.

En fin pour nous ôter la plainte
  Il s'eſt donné lui-même ateinte,
  Suivant la maxime d'un Roi
  Qui ſans éxanter la Couronne
  Fait le prémier ce qu'il ordonne
  Pour donner crédit à ſa Loi.

Si donc les amoureuZes Flames
Touchent les plus parfaites Ames
Des souverains Hostes des Cieus,
Sans que plus ton Cœur se rebelle,
Aime aussi, parfaite IZABELLE,
E' tu ressambleras aus Dieus.